KB202351

얼굴 위의 이랑

주선화 시집

시인의 말

하고 싶은 말은 많은데

시원스레 말할 수 없어

늘

무거웠다

무거운 나를 비워

가벼워지고 싶어

쓴다

2024년 4월 16일 소천하신 내 어머니 영전에 바칩니다.

2024년

주선화

차 례

● 시인의 말

제1부

제2부

제4부

제1부

나의 카프리

처음부터 혼자였어
마지막인 것처럼

석회암의 바위들이 꽃인 양 아름다웠지
바위에 부딪혀 부서지는 파도가
영정 앞에 놓인 국화 송이 같았지

절벽 끝에 나는 서 있었어
한 발을 어디로 내디딜까

망망한 바다를 건너온 바람이
잠깐,
몸을 감쌌지, 순간

발이 허공에서 멈추었어
한 다발의 울음소리가 귀를 찢고 지나갔어

아, 나의 카프리

안녕
눈물을 거두렴

돌아서는 순간이 윤슬처럼 빛났어

코 쿠너펠렌*

말랑말랑한 감정이에요
버블 입욕제가 둥실 떠다니듯 가벼웠죠
겁은 났지만, 그냥 믿었죠

처음 본
덩치 큰
껴안았죠

꼬리 내려진
눈동자가 보이는 잔잔한 미소
그 순한

수굿하게 무릎을 내어주고 토닥이며
귀 뒤를 두 손으로 쓸어주었죠
새근새근 잠드는

푸른 초원을 상상하는 일은 낯선 경험
푸른 초원에 서 보는 일은 황홀한 감정

옥시토신이 활발하게 움직여요
스트레스를 한 방에 날리듯 몸이 둥둥 떠올라요

향긋한 재스민차 한 잔,
휘 휘저어 마시는 기분이랄까요

자가격리가 끝나도
따뜻한 포옹은 너무 멀고
지적의 대화도 사라지고

거두어들이는 것들과
버려야 하는 것들로
뻔히 들여다보이는 일상

세상에서 가장 어두운 날에
한없이 따스한 물결이 일렁이는 가슴을 안고

* 암소 포옹 힐링 프로그램.

장미, 장마

SNS에 장마를 장미로 썼다

장미는 계속해서 장미이고
축축하던 기분이 일시에 맑게 갠다

쉰내 나는 빨랫감을 널어야 하나요

코끝에는 아이돌 노래 같은 향기,
발밑에는 제멋대로 곰팡이균 스멀 올라오는데

장마에서 장미까지는 두 걸음

봄에서 여름까지 질척이는 흙탕물을 피하고 싶다면
장마는 계속해서 장미여야 한다

오른발을 여름 쪽으로
왼발은 계속 봄 쪽에 두어야 하는

콕, 콕 찔러대는 저 유혹!

골목의 비밀

필리핀 세부, 가난한 골목을 무기 삼아
웃통을 벗은 남자가 퍼덕이는 날개를 막무가내로 껴안으
려고 한다
아니, 독보적으로 잡아챈다
팔뚝에 그려진 용 문신이 한 번 더 다급한 날개를 꺾는다

검은 것은 품는 게 아니라는데
더듬는 것은 핑계고 순간의 욕망이 분명하다

달아날 궁리와 억누르는 폭력이 뒤엉킨
양철지붕이 그림자를 집어삼킨다.

골목은 너무 길고 사람들은 너무 바쁘다

눈에 보이는 것이 전부가 아닐 것이라고 믿고 싶어

고개는 자꾸만 삐딱하다

수영장의 여자

사각사각 가지런하게 빗어내며 이발하던 가위 소리 멈추고
챙모자 쓰고 연실 줄줄 흐르는 땀 닦아내며
잔디를 깎던 그녀가 잠깐 한눈 판다

까만 선글라스에 넓은 챙모자 튜브 사이에 몸 말아 넣고
자유로이 둥둥 떠다니는 5성급 수영장의 그녀 고개 돌려
힐끔 쳐다본다

두 눈이 허공에 잠깐 부딪힌다
서로서로 무시하듯
민망한 듯 눈을 피한다

그녀와 그녀의 온도 차이는 몇 도일까?
북극과 남극의 차이일까?
음과 양의 차이일까?

이쯤에서 출생의 비밀이 흘러나온다면
한 편의 드라마가 둥둥 떠다닌다

서로의 기울기는?
행복의 척도는?
행복의 밀도는?

누가 알까

태양의 눈동자 연실 달구어 길을 내고
비키니 구름도 흐르듯 흘러내리는 끈
다잡아 밀어 올리고,

내 이름은 임봉순*

어둡고 깊고 축축한
미끈거리며 발이 푹푹 빠지는
처음이었지 헛발 헛디딘
무서웠지만 무섭다고 말할 수 없었지

지금은 잠수복이지
그때는 선득선득한 맨발이었지
잠수복이 온몸을 옥죄지만 나를 살리기도 하지

이제는 손에 눈이 달려
맨손 깊숙이 집어넣는 족족 잡아 올리지
참붕어 가물치 잉어 우렁이 다슬기 마름

처음부터 올라온 건 아니지
물컹물컹한 진흙 속으로 푸욱
아무리 푹푹 손 집어넣어도 빈손
검은 물만 줄줄 흘렸지

아이는 물속에서 물과 씨름하며 하루하루 커갔지

수초가 발을 감아도 붕어가 발을 콕콕 씹어도
두 손 두 발로 아무리 발버둥 쳐도 도망갈 수가 없었지

죽은 뿌리들이 발을 감아 고단한 하루는 아이도 고단했지
빛도 없는 거무스레한 물속 물이라면 징글징글하다 했지
하루가 아무리 혼탁해도 다 큰 아이는 육지에만 산다고
했지

이제는 차가운 물 속이 안방처럼 편안하다
구부정한 등 가벼워진 몸 날개가 달렸나 봐

겨울이 오니 큰 고니가 찾아와 고개 주억거리며 인사하고
어느 날 사라진 따오기도 이제는 매일 찾아와 노래하는
우포늪,

오늘도 지그시 소리 없이 흘러가지

* 우포늪의 마지막 육지 해녀.

모딜리아니

한 다발의 지나가는 웃음소리는
신의 계산이었는가?

잔이
창문을 뛰어내릴 때 무릎을 꺾는
절망이 나를 향해 웃었다

스스로 죽어가는 거리는 남겨두지 않았다

나의 사랑은 너무 차갑고 가까워 숨이 쉬어지지 않았을 뿐,

불꽃 같은 사랑의 소용돌이에 빨려 들어가
채워질 수 없는 공허로 돌고 돌아도

계산으로만 남은 일생은 사랑의 고통보다 너무 짧았다

긴 목에 긴 얼굴,
선이 분명한 공존의 법칙을 깨고 나니 걸음마다 허공뿐,

시샘, 불안, 초조, 우울

1월 24일과 1월 25일은 사랑하는 사람들의 밤, 저주의 밤

잔과 모딜리아니와 손을 맞잡은 날

다시 태어나 멈춘 시간을 먹어 치우는 그곳으로

제라늄

고개 숙인 여자아이가 서둘러 발등을 덮어요
발밑은 계속 수렁,
지독한 냄새가 올라오고 있었어요

비가 곧 쏟아질 것 같았고
엄마는 아직이었고
엉망으로 취한 아빠는 모든 창을 닫았어요

좁은 방의 저항은 곰팡이처럼
지워지지 않는 얼룩을 만들고 있었어요

이렇게 화사하고 예쁜데
아무렇지 않게 싱싱한데
코를 찡그리는 이 지독한 냄새는
아무리 피가 나도록 문질러 씻어도 없어지지 않아요

심장을 망가뜨리고 더 이상 눈물을 믿지 않아요
쉰 허기도 익숙해질 지경이에요

나는 아빠의 수치에요

카페, '꽃 대궐'

햇빛 한 점 없는 마당
잔뜩 움츠린 어깨가 기울기 한다

소엽맥문동으로 길을 만들어도 길을 인지 못 한 걸음
조심조심 비켜 가며 길을 낸다

황금 측백이 줄지어 울타리로 서고 그 아래 층층이 쌓은
기왓장
수양벚꽃 개복숭아 나무 공작단풍 능청능청 휘어져 오른
쪽으로 기울이고
왼쪽 귀로 발랑발랑 엿듣는

헛발은 늘 조심스러운 것

때늦게 핀 국화 제빛을 잃고 변해가는 꽃 대궐
간판 무색하게 꽃은 한 송이도 없다
대궐같이 넓은 마당만 존재할 뿐,

지금은 모른다.
시간이 지나야만 알게 된 것들

둥그런 디딤돌 가만히 궁둥이 붙인 채 앉아 있다
수많은 걸음 들썩들썩 흔들어야 할 마당이 잠잠하다.

작은 울림이 흐르는

장자제 대협곡
조그만 사잇길

잔잔한 웃음소리가 먼 듯 가까운 듯 종소리처럼 들렸다.

남자는 흐르는 물에 푸성귀를 흔들어 씻고
여자는 아래쪽에서 빨래를 치대고
아이는 물장구치며 까르르 웃고 있었다.

외갓집 굴뚝에서 나오는 연기처럼 구름은 흐르고
오솔길 푸른 바람이 물결처럼 잔잔히 일렁이고 있었다

미소진 민얼굴 여지없이 평화로워 보였다.
그냥 작은 울림이 날것 그대로 흐르고
눈을 떼지 못한 풍경에 사로잡혀 한참을 서성거렸다.

그러다 뭔가 건네주고 싶었다.
가방을 뒤져 사탕 하나를 아이에게 건네고

떨어지지 않는 걸음 재촉해 서둘러 내려왔다

이십여 년이 시나브로 흘러 색바랜 고궁을 걷는 듯
입안에 쓴 물이 오르는 힘든 순간에도 어둡지 않은 까닭은

그때 그 모습 어제인 양
그 평온함이 그 아득함이 피어나 시간이 지날수록 선명해
간간이 염화미소 진다.

화분

내 집인 양 열쇠공을 불러 문을 딴다
팬티만 입고 그녀 오기만 기다린다

화분을 들고 들어와 나를 심겠지?
물도 주겠지?
무럭무럭 자라나 꽃도 피우려 하겠지?

바람 향기롭고 구름 둥실 피어나
수시로 웃으며 행복한 냄새도 피우려 하겠지!
이 세상에 오셨군요. 안으려 하겠지

이젠 두 눈 부릅뜨며 밀쳐내더라도
우리 사랑은 끝난 거라고 말하더라도

바라건대 남자인 내가 이별 통보해야지
여자에게 이별 통보받다니 벽을 치고 웃을 일

끝난 사랑도 사랑이라고

침대도 그대로, 화분도 그대로인데
사랑은 지나갔다고

웃자란 사랑 싹둑 잘라주면 그만인데

화분에 물을 준다
줄줄 흘러내리게

새 애인

고구마 냄비가 다 탔다

냄비는 파닥이지 않았는데
새까맣게 타버린 고구마는 이미 그 맛을 잃었다
맛있는 향기를 품었으나 이젠 별 볼 일 없다

종종거린 탓으로

향기로 불렸으나 냄새로 남은 것은 아니었을까
아니면 한 문장에 걸려 빠져나오지 못했을까

한통속이다.
깜깜하다.

까맣게 탄 냄비 보며
내 속도 까맣게 타들어 간다

제대로 고구마도 못 삶았다

제대로 된 것들은 어디에 숨어 있을까

까맣게 탄 냄비 속일까?
공간 가득 차 있는 꿉꿉한 향기 속일까?

어사무사한 향기 아니면 냄새 데리고 종일 나란히 공유
하다

금방이라도 올 것만 같은 새 애인을 데리고
종일토록 끙끙거리고

우울을 가장한 사랑

말랑말랑한 두부를 몇 조각 부칠까?
입술을 훔칠 수 있게 빨간 떡볶이를 할까?

아침이 우울해, 지쳐 있어
단순히 앞이 보이지 않는 축축한 저 안개 때문이야
치부하기에는 세월을 너무 많이 잡아먹었어

찬바람 맞으며 찬 손을 비벼대며 분리수거를 마치고 들어
온 길
패딩을 벗고 뜨거운 커피를 내리고 목젖으로 타고 내리는
알싸한 기분도 조율해

밥솥은 비었고
우울이 슬픔으로 흐르기 전에
아침은 먹어야 해

가려운데 긁지 않고 버티는 것처럼
아침을 먹지 않으면 종일 속이 허해

굼뜬 몸 뭘 먹지 뭘 먹어야 하지
들숨 날 숨 쉬며 부엌에서 종종거리지

아침은 떡볶이로 정했어. 낯익은 향이 그리워

달달한 겨울 배추 몇 조각 슬쩍슬쩍 잘라 넣고
맵싸한 청양고추 두어 개 표고버섯 가루 한 숟가락
알싸한 마늘 듬뿍 실한 대파 숭숭 썰어 넣고
벌건 고추장과 고춧가루 딱이야,

붉은 혀로 붉은 입술 쓸며 기분도 살살 달래며
우울을 가장한 사랑을 주는 거야. 나에게로

완벽한 사과

원하던 사과를 받았을 때 사과는 붉게 익어가고
꽃잎 날리던 바람도 따뜻하게 익어가고

투명하지 않아 곪아 터진 우리들의 12시는 다시 시작되고
사랑도 차지게 차지게 익어가고

상관없으나, 간혹 비바람 몰아칠 거고, 간혹 등을 돌릴지
라도
상관없으나, 사과했으므로 슬퍼하지 말고

완벽한 눈물은 없다고
완벽한 사랑도 없다고

다 무시하자고 끌림과 굴복 앞에 당당해지자고
그림자만 바라보는 일은 없을 거라고

저무는 풍경 안에 따뜻한 불빛 눈이 감겨도
안으로 파고드는 한기쯤은 사과 하나로 끝내버리자고

부푸는 사과 냉정한 사과 모든 기다림은 사과로

알 수 없이 난무하는 추측은 잊어버리자고 털어버리자고

나는 나의 뒤를 모르고

신호등 색이 초록으로 바뀌길 기다린다.

왜 그리 빨라요?

동그래진 눈,

뒤만 보고 따라왔어요. 그냥 걸으면 심심해서 저쪽 건널
목 건널 때
저 사람을 따라붙자, 작정하고 무작정 여기까지 왔다고,
걸음이 건강하네요. 덕담까지 건너오고
서로 모르는 채 헤어지고

무심코 그냥 걸었는데 나의 뒤를 보고 걷는 사람이 있고
늘 빈약한데 누군가가 나를 지켜보는 눈이 있고

나의 앞도 다 볼 수 없는데, 본다고 다 보이는 것은 아닌데

낮과 밤처럼 원을 그리며 서로를 지키며
둥글어지는 날들이고

통영

어느 바람이 이곳으로 보냈을까
비린 슬픔 한 자락 비워내느라
오늘도 갯바람은 거리를 떠돈다

전혁림의 그림 속에는
시퍼런 바닷물이 넘쳐 발밑을 다 적시고
선술집 젊은 과부의 눈빛 속에도 출렁거린다

노년에 스며든 그 욕망,
폭풍우 치는 바닷가처럼 걷잡을 수 없어도
뜨거운 불면마저 가둔 기억처럼 덧없을지라도

해저터널 속으로
여름을 숨기고 얼굴을 숨기고
갯메꽃 향기를 숨기고

거장은 붙잡을 수 없었던 은빛 세월 속
다시 오지 않을 하룻밤 풋사랑
텅 빈 공명에 그 이름 새기지

제2부

오일장에서 만나다

바다를 호령하려 먼바다로 가신 아버지
함안 오일장에서 뵙습니다.

좌판에 앉아 싱싱한 활어가 아닌
마지막 남은 무 두 개 떨이하라 붙듭니다.

생전의 아버지 만난 듯
너무도 반가워서 두 손이라도 덥석 잡고 싶었습니다.

무가 많이 있었지만 무겁고 버거운 무
두 손 가득 웃음 머금고 모셔 왔습니다.
무 속에 담긴 물빛 들여다보면 행복했습니다

집에 돌아와 다리통만 한 무 앞에 두고
마냥, 먹먹해져
그냥, 잠잠해져
한참을 앉았다가

푸른 무청 하나씩 떼어내고 잘랐습니다.
태풍과 장마, 타들어 가는 여름 볕
가슴에 커다란 심이 박힌,

흰빛입니다.

물기 잔뜩 머금고 또르르 구르는 무 한 조각
별사탕인 양 입안에 넣습니다.
아삭아삭 씹히는 달콤한 맛

자신의 바다에서도 단 한 번도 활어가 되어 본 적이 없는,

아버지 두 손에 안은 무방한 날이었습니다.

화산* 짐꾼**

지고 갈 수 있겠어요?
갈 수 없어도 가야죠 들고 온 짐을 끝까지 책임지는 게 짐
꾼입니다

등짐을 한 번 더 들썩이며 그녀가 말했다

잘못이라면 제 옆에 있게 한 것 짐을 들게 한 것 벼랑 끝
에 서게 한 것

벼랑 끝에 서서 담배 한 대 물며 그녀의 남편이 말했다

한발 헛디디면 굴러떨어져 지고 마는 별
내 아들에게만큼은 물려주고 싶지 않다는 화산 짐꾼 부부
딱지 위에 딱지가 앉아 굳은살로 박힌 어깨
이를 앙다문 그녀
무게를 감당할 수 없어 나눠서 지는 양쪽 어깨 위로
절벽이 앉는다

절경이 절경이 아닌 절벽

귀가 절벽에 닿는 낭떠러지

먹고 사는 길이 이 길뿐이어서

가진 것이 몸뿐이어서

신은 딱 감당할 수 있는 만큼의 무게만 준다고 믿는다

하늘이 내린 화산 짐꾼 부부

* 화산 : 중국의 5대 악산 중 하나.
** 화산 짐꾼 : EBS 다큐 영화 〈길 위의 인생 ― 벼랑 끝에 서다, 화산 짐꾼〉.

미늘쇠*

인사도 없이 떠날 수 없다는 듯
보란 듯이

엄마는 오늘이 다르게
쇠한 육신으로

새처럼 날기 위해
먹을 것을 줄이네

구순의 나이는
저승문이 가깝다고

검버섯 가득 문
온화한 미소

잔살로 자글자글 누워
작디작은 몸으로

곤한 잠 속으로

빠지고 싶다는 듯

무거운 속 내내 비우네

* 새 모양 장식. 인간의 영혼을 하늘로 인도해 준다.

섬망

구순 어머니 만나러 가는 길에
까마귀 한 쌍을 만났다

고속도로 중앙선에 움직임이 없는
어린 까마귀를 물고 날아가려는 큰 까마귀
움직임이 더뎌서
백미러는 그 오후를 질기게 끌고 있었다

순식간에 스치고 이내 멀어졌지만
가끔 우리를 어린 날로 데려가는 어머니가
하루에도 몇 번씩 낯짝이 가렵다 눈도 안 보인다
아이가 되어 투정을 부리고
우리는 망연히 언니도 되었다가 남편도 되었다가

나이 들어 먹이를 구할 수 없는 부모를 위해
까마귀는 먹이를 물어다 봉양한다는데

한 달에 한 번 찾아가는 우리가 내미는

맛있는 사탕도 쓰다 하고 좋아하던 참외도 안 먹는다고 하는
어머니가 제일 기다리는 건

저 따뜻한 봄날 햇살 한 줌 따라
삽짝문 열고 선바람으로 찾아가는

먼 우리 집

감포 댁 최막래

햇살 속
누워
가만히 한 떨기 꽃

몇 번 숨넘어간
겹겹 피고 진 뒤안길
마지막
숨,

막힌 듯 피는 꽃

작다란
저, 꽃
한 송이

희미하게 경계를 넘나들며
간신히 연명하는
야윈 꽃 숨 바르르 떨며

시근덕거리는 소리

흐른다

고립무원에

맥없이 뭉크러질

우리 엄마

미로

비가 오는데
우산도 없는데
지나가는 사람들 힐끔거리는데
신발이 젖고 있는데
배도 고픈데
아이들 밥 챙겨줘야 하는데
집에 불도 때야 하는데

왜 이렇게 춥지?

방향이 잡히지 않는다
엄마는 아직 오지 않았는데
나는 배가 고프고
엄마는 언제 오나
잠이 오는데
캄캄해지는데
무서운데

오랜 기억은 가깝고

가까운 기억은 자꾸 달아난다

내 아이의 엄마와 내 엄마의 아이 사이는

자꾸 희미해지고

나는 지금

엄마일까

아이일까

어디가 어디일까

언제는 언제일까

청도

청도 지날 때
둥지가 없어 깃들지 못하고 그늘이 없어 쉬지 못하고

청도 씨 없는 반시처럼 씨를 맺지 못한 외숙모를 대신해
씨받이로 들어온 여인

그 여인도 씨를 맺지 못하고 고개도 들지 못하고 치맛자
락에 묻은 서리 털어내듯
새벽녘에 부는 바람처럼 조용히 떠나버린

지금은 청도 어디쯤 씨 없는 감나무 앞에 놓고 한없이 붉
은 감을
담담하게 바라보고만 있을 것 같은

나이 지긋한 여인이 되어 해갈이 하는 감나무에 상처도
입히고 껍질도 벗겨내며 해를 거르지 말고 숨벙숨벙 탐스러
운 새끼를 많이 가지라고 할 것만 같은

감꽃같이 마알간 순하디순한 그 여인 늙어가는 감나무 그
늘에 앉아

　　서로의 곁을 내어주며 물들어 가는 감나무에 함께 도란도
란 깃들자고

　　할 것만 같은

섬, 섬

어느 날 불쑥,
— 내 죽으면 어디로 가노?

아버지 임종 직전의 슬픔 한 덩이

망망한 가운데 어디까지 그 뿌리를 내리고 있는지 알 수
없다
얼마만큼 깊어지려는지 알 수 없다

오래도록 방황하다 돌아온 작은오빠의
겨드랑이에 자라는 림프종의 슬픔 한 덩이

어디까지 가 닿는지 알 수 없다
생이 얼마나 질긴지 알 수 없다

세상은 둥글다는데
계속 굴러가서 봄 가면 여름 온다는데

파도에 밀리고 밀려서 마침내
기슭에 닿자 흔적 없이 사라지는 물거품

매일 웃음이 자라던 미소를 보여준
오빠의 모습이 파도에 밀려왔다 사라지고 사라지고

아직 불빛은 조금 이르고 어둠은 아직 낯선
어스름이
캄캄한 방 앞에서 우두커니
혼자,

저, 새

친구 엄마의 부고에 조의금을 폰뱅킹하고 무심코 창밖을
본다

작은 창에 없던 액자 하나 걸려 있다

까마귀, 한참 머물다 사라진다

안개 자욱한 밖, 환영 같다

저, 새 앉았다 간 자리

한 치 앞이 안 보인다던 엄마의 날씨 같다

폭행이 일상이던 밤마다 새는 신음 손으로 틀어막았는데

붉은 꽃잎 다 지고 그토록 단단하던 연대도 모조리 풀어
지고

이제 생의 어두운 마디마디는 모두 지우고 가뿐하게 날아

올랐으면

노인

광려천변에
물도
별로 없는
작다란
웅덩이에 앉아
작은 낚싯대로
낚시를 하네
지절하지 않은지
찌를 담그고
찌만 바라보다가
바람이 그윽한 입술로
귓속을 간질이는지
끄덕끄덕
졸다가
안 졸은 듯
미끼 끼우고
어렵지 않게
담그고 빼고

찌가
까닥까닥
흔들릴 듯
말 듯
시들기
직전의
구부정한
등

벽돌 한 장의 길

걸음을 옮길 때마다 휘청인다
손바닥 크기로 이어진 길
길만 보이고 아무것도 보이지 않는다
길에 갇혀 길을 벗어나지 못한다
가끔은 마주 오는 사람과 어깨를 부딪치기도 하고
자전거가 비껴가기도 한다
잠깐 멈추고 강 건너편을 바라본다
아무도 보이지 않는다

길이 길을 버린다
길을 물고 끝까지 놓지 않는다
한발 한발에 힘을 준다 꾹꾹
벗어나면 지는 거다
길에 몰두한다
길을 물고 서기 위해 신경이 곤두선다
누구를 위한 길인가

길은 누구에게나 열려 있지만 모두에게 닫혀 있다

길게 이어진 길 위에 서서 길도 길이 되고 싶었을까
벗어날수록 버둥거릴수록 길은 길을 물고 놓지 않는다

구순의 울 어머니
새들새들하며 저만치 앞서 걸어가신다

성가신 날

벅차오를 것도 없는데
쏟아져요
주체할 수 없도록

누군가
한 대 맞았나?
맞았어요.
자그만
딸기우유
딱,
한 모금에,
빨대로
쭈욱 빨아들이는
순간,
엄마가 보고 싶어
또 보고 싶어
다 큰 어른이
목욕탕 바닥에 퍼질러 앉아

모르는 이들이

처다보는 줄도 모르고

한참을

한참을 울었어요.

시원했어요.

편안했어요.

그리움에

막혀 있었나 봐요

울음은 그런가 봐요

나도 모르는 순간

터져 나오는

나도 모르게

가벼워지는

말이 필요 없는

텅

빈

울음

지랄 지랄

어두운 거리를 헤매다 잠시
돌아온 맑은 정신을 붙들고 있다

엄마 엄마 내가 누군지 아나?
봄빛에 노란 한 떨기 꽃같이 누워서는
— 지랄하네

말 같지도 않은 말 하지 말라는 듯 같잖다는 표정으로
닫힌 꽃봉오리 살짝 입을 벌리듯

엄마 엄마 엄마!
막내딸이 또 소리쳐 부른다

내가 누군지 아나?
— 지랄 지랄 용천 떠네!

엄마는 하루에도 몇 번씩 이승과 저승을 오락가락
지랄 버릇하는 줄 알까?

생채기투성이 산수유꽃은 어제와 다른 날씨에
지랄발광하며 용천 떨 듯 피고 지는데

지랄도 풍년인데
층층나무 목 산수유에게 이제 저 소리 들릴까?

노랑노랑 게워 내듯 우렁우렁 피는 꽃
지랄하며 피는 꽃

참 곱다

엄마 목소리

동강 난 가지 하나 물에 심었다
사나흘 지나 하얀 꽃 피어

세상 끝난 줄 알았던 구절초
흰빛으로 생이 환하다

들판에 무더기로 피었을 구절초
살아내는 일은 늘 뜻대로 되지 않아

세상은 늘 내 편이 아니었지만
내 편이라 믿는다

그만하면 되었다

큰 꽃가지에서
엄마 목소리 꿈결처럼 들린다

나비의 집

두 손 포개고
새근새근 잠든 엄마

놀라실까, 봐
손등을 살살 비비며 깨운다

꿈에 얼굴은 보이지 않고 누가 호접난꽃 들고
들어오데 접었다 폈다 하데 환하더라. 근데 우리 딸이 왔네

먼 길 온 딸 반기는 눈이
활짝 핀 한 송이 꽃이다

만 리 밖에 살다 찾아간다 미리 전화하면
새벽 댓바람부터 대문 활짝 열고
종일 서성거릴,

그리운
나의 집

제3부

먼산바라기

온몸 길고 억센 가시로 표독스레 무장한 채 서 있어도
결코 누군가를 먼저 찌른 적 없다

텃새 곤줄박이의 집이기도 하고
짝짓기하는 민달팽이의 집이기도 하는
모시나비 떼 날개가 앉은 듯한 흰 꽃은
근동에 향내가 진동해 흠흠 흡입해 우화羽化를 꿈꾸며

추억을 먹고 산다는 언니의 한마디
문득 탱자나무가 그리워
무작정 기차를 탄다

그 많던 탱자나무는 어디로 갔을까
보이지 않는다면 다 보이는 것이라 했다

노오란 탱자나무 열매를 타 손에 쥐어 주던
생채기투성이 핏빛 손등을 본 그 순간도
달이 없어도 하얗게 빛이 나던 그 순간도

보잘것없는 기억이지만 결코
보잘것없지 않은 그 기억은
꿋꿋이 지키는 약속 같은 것은 아닐까?

바닷가 마을 어느 곳쯤에
비릿한 생울타리로 짱짱하게 서서
먼산바라기로 기다리고 있을 것 같은

별 보러 갈래

오빠,
오늘 밤 별 보러 갈래?

깨를 볶는 듯 다다다 흐드러지게 쏟아지는 별빛 볼 수 있는

함안 말이산 고분군 꼭대기 옆 고욤나무에 올라서서
차갑지도 뜨겁지도 않은 별 보고 싶어요

들어가지 마세요. 팻말은 어둠에 가려지고
하늘의 정녕 들이 조용히 숨죽인 채 내려오면
길한 징조 생명을 관장하는 남두육성 별자리 찾아요

살아가면서 가장 빛나는 별은 지금이 아닐까요?

귀족이든 천민이든 하나의 별자리 똑같아요
어쩌면 우수수 떨어지는 별들의 우주쇼 펼쳐질지 몰라요

적당히 불어주는 따뜻한 바람결 반짝이는 눈동자

새 고분군 탄생할지 몰라요

어쩜 이 밤의 표정이 이토록 또 아름다운 건
저 별들도 불빛도 아닌 우리 때문일 거야*

별자리만큼 너른 들
남강의 물줄기 은하수가 시원하게 쏟아져요

* 방탄소년단 '소우주' 노래 가사.

가는 길이 너무 멀어

우연히 돋보기를 쓰고 팔을 보다
보이지 않던 검버섯이 많아
세상에나, 속으로 놀란다

고모도 나이를 먹나 보네
다 큰 조카 녀석이 한마디 거든다
무심히 걷어놓은 팔을 내린다

그러게, 희미한 웃음 뒤에
감정 없이 심심하게 답한다
속으론 또 한 번 놀란다

가느다란 팔 푸른 혈관이 도드라지게
수북이 올라와 있는
구순이 넘은 엄마는 침대에 누워 있고

살아도 죽은 것처럼
죽어도 산 것처럼 감정을 내세우며

배고프다

밥 줘!

객지 가서는 속이 든든해야 한다

새벽밥 주시던 그때처럼

가는 길이 너무 멀어

든든하게 배를 채워야 하나 보다

독, 녹

겨우내 짱짱한 추위에 얼마나 다지고 다졌으면 저리 독할까
마늘의 하얀 속살 벗겨낸 손 종일 화끈거린다

봄이 가고 여름이 가고 가을이 왔다
하나의 흐트러짐 없이 그 형태 그대로 유지하는 독한 것,

손아랫동서의 몸에 자라는 암은 작은 것이라 했다
작은 것이니 커질 것을 염려했다 열심히 몸 움직여
올해도 푸지게 마늘 농사를 지어 가지고 왔다

동서의 하루하루는 붉은 녹을 만들어 내는 일상이었다
종일 녹의 부스러기를 벗겨낸 하루는 해도 기운을 잃었다

거리엔 푸르게 익어가는 것들만 가득하고
동서는 겨울을 이겨낼 싱싱한 것들만 골라 마늘밭에 쿡쿡
심는다

동서의 얼굴엔 어떤 결기가 서려 읽어낼 수가 없다

살아 있으니, 사는 값이라도 해야지

해 떨어지기 전에 끝내야 할 일이 있는 것처럼

신난 발

개발, 소발, 닭발 구함
매주 일요일은 즐겁게 공 차실 분 환영합니다
— 칠성 조기축구회

벽보는 무심코 지나가는 발들을 소집하고 있다

개발이 뛰고 소발이 뛰고 닭발이 발바닥이 땀 나도록 뛰는
일요일 아침은 야단법석

월요일 골문은 곰처럼 엉덩이 무거워도 달리고
화요일 골문은 차면 먼지버섯처럼 풀썩거려도 달리고

수요일 골문은 경중경중 기린처럼 이리저리 뛰는 듯 마
는 듯
목요일 골문은 마른풀 씹어내는 염소 입처럼 오물오물하
는 듯해도 달리고

금요일 골문은 장대비 쏟아지듯 우렁찬 고함으로 시작하고

토요일 골문은 롤러코스터 타듯 빙글빙글 요리조리 돌고
돌며 달리고

　　소집한 발들 행여 오합지졸이라 욕하지 마

　　무대만 있다면 바람을 가르듯 신나게 뛰어뛰어
　　골대 앞에서 하늘 보며 고함도 쳐 대며 기합도 넣으며 삿
대질도 해대며
　　발과 발 끼리끼리 부딪혀 오래오래 달리고 보는

　　일요일은 신명 나는 신난 발이 되자

피식, 숨 고르기

여자의 하루는 고개를 들고 올려다보는 일
젊었을 때는 공장에서, 이순을 지나서도
올려다보며 하는 일이라니 피식,

여자보다 훨씬 큰 키의 노인과 서서
대화하기 위해서는 고개를 뒤로 넘겨야 한다
까마득한 허공은 때론 너무 멀어서

마주 보고 대화하는 순간도 있다
노인이 휠체어에 앉았을 때다

그때, 눈높이가 맞아진다
순간, 평등해진다

노인과 여자는 매일매일 산책을 한다
노인 뒤에 서서 노인이 한 발짝이면 여자도 한 발짝이다
노인이 두 발짝이면 여자도 두 발짝이다

평생을 올려다보고만 산 여자
빛의 뒤편에서 배경만 되어온
이순의 나이에도 피식,

슬몃, 이가 가지런히 예쁘다

난리블루스

선물로 받은 감자 한 상자
상자 위에 또 상자를 쌓고
까맣게 잊었다

까마귀 고기를 먹었나,
건망증 탓하며 머리를 쥐어박는다

생명에 위기를 느끼면
솔방울을 많이 매단다는 소나무처럼

싹 튼 새 생명으로 거대해진 상자
서로 먼저 비집고 나오려고
아우성이다

초롱초롱 굴리는 새파란 눈동자
푸른 물결 한가득이다

갇힌 순간 자유를 꿈꾸는
혼자만 핀 난리블루스

얼굴

공을 들여 섬세하게 화장한다.
눈앞에서 알짱거리는 하루살이

손바닥으로
탁,

하루살이는 보이지 않고
거울 온통 손바닥 지문

잘 닦이지 않는 지문 속에는
하루살이의 전 생애가 있다.

얼굴이 얼굴로 보이지 않는
하루가 하루로 보이지 않는

수면양말

한 짝이 달아나요

발이 달렸나 봐요

한 짝이 없으면 잠을 못 자는데

쪽잠에

질 낮은 수면에

자다 깨다 하는 밤

한 짝도 마저 던진 밤

맨발로 잠을 자요

차가운 밤이에요

짐승의 얼굴도 하고 수척한 얼굴도 하고

잠은 달아나고

밖으로 드러난 수면에

오들오들하다 들고 나고

부끄러움에

한밤을 꼴딱 세우다

수면睡眠은 번뇌를 달리 이르는 말이라는데

달아난 한 짝을 찾으러

이불을 탈탈 털고

던져버린 한 짝도 마저 찾아

몸 일으키고

자다 깨다 자다 깨다

한번 도망간 년은 붙들어 앉혀도 또 도망간다는데

깬 잠을 붙들고

다시 잠을 청한

수면睡眠

맨발

맨살이 그리워 이불 속에서
맨발을 한 번씩 맞비빈다는
친구의 말이 생각나는 아침
둥근 화분의 대명석곡을 본다
두꺼운 파란 잎 사이
군데군데 검고 퍼런 멍
무작정 내어놓은 맨몸의 뿌리
맨살이 그리워서일까
맨발에 맨발을 감싸안았다
애증도 삶의 기억도 휘발되어
맨살의 기억은 믿을 수 없다며
온전한 내일도 기약할 수 없다며
전화기 너머 울먹인다
유리창 암막 커튼을 연다
끝내 접점을 찾지 못해
긴 아픔이 돌처럼 내려앉아도
아슬아슬 위태롭게 부딪쳐도
부드러운 눈빛으로 바라보고

가만히 맨몸이 달아나지 않게
가슴으로 끌어안았더라면
생채기 멍까지 살뜰히 챙겼더라면
달라졌을까?

맨살의 숨은 눈빛
친구는 읽어내지 못했다
이제는 그 그늘 다 내려놓고
세상 속으로
다시 발을 내려놓기를

애기땅빈대*

하루에 몇 번 올려다보나요?

나는 매일 보아요
낮이고 밤이고,

바닥을 빌려줄까요?

나를 빌려 가세요

제 몸의 몇십 배로 땅을 기어야 하는 것들은
심호흡 한번에도 어려움을 겪는다는 걸
바닥을 보고서야 알았어요

마디마다 새 뿌리를 내리는 일이
정말 아득하거든요

팽창해 가는 땅의 진위는 중요하지 않아요
앞과 뒤 방향성은 순식간이죠

두 쪽으로 갈라져도 끈질기게 살아남아 당신에게 날아갈
거예요

당신을 품을 때까지 살아야 하니까요

* 한해살이풀의 이름.

수선사

붙잡을 것이 있어 여기 왔는데
흰 거미줄이 앞을 막는다

— 제가 많이 좋아한 줄 아시죠?

거미줄에 은근슬쩍 걸치듯 뱉은 말
맺힌 응어리처럼 종일 따라다니고

목 늘어진 목수국 사이사이
앉을 곳 찾는 잠자리 한 마리

금방이라도 비를 쏟을 것 같은 먹장구름,

비워야 할 것이 어제보다 오늘이 많아

떨치지 못하는 한마디는 눈에 거스름도 없이

꽃잎에 앉기 전 바르르 떠는 몸짓처럼

한꺼번에 휘청인다

조금만 돌아서면 새가 울고 바람 시원한데

고요가 부푸는 한낮은 오래도록 걸어도 닿을 수 없는

시집을 말리다

한 페이지를 펼쳐 놓았다
햇살이 오래 읽는다
때를 놓친 게 있다는 듯
저러다 불나는 것은 아닐까
오늘은 35도
종이와 불타는 햇살 사이에 점성은 없다
한 장 한 장 넘기는 속도가 더디다
타는 것도 젖는 것도 순식간,
비린내 나는 물이 왈칵, 쏟아졌다
젊은이들의 환호성이 빠르게 달려온다
보트 위로 달리는 덩달아 기분 좋은 햇살
햇살이 읽어내는 것은 시가 아닌가 보다

물에 젖은 엄마를 본다
머리에 인 생선 다라이에 버둥대는 물고기
버둥댈 때마다 흐르는 근성
페이지에 실린
시 한 편,

오래오래 엄마를 그리다.

말라가며 색을 잃은

페이지를 못 넘긴 햇살

흑산도 막걸리

겨울 초입,
떠나는 배 난전에서 고구마 막걸리 한 병 샀어.

흑산도 명물이라,
그 맛이 참 궁금했어.

계절이 바뀌도록 잊어먹고 있었어.

소나무에나 듬뿍 주려고
고요히 잠을 자기에 흔들어 깨웠어.

아뿔싸,

한밤,
천방지축 클럽이 문을 열었어.
사방으로 뛰어 뛰어 디스코를 추기 시작했어.

별들이 까르르 웃는 소리가 들렸어.

할미꽃도 고개 숙여 길길길 웃었어.

늦게 머리를 쥐어박았어,
이미 옷이며 얼굴이며 마당까지 흥겨운 목욕을 했어

흑산도 아가씨도 푸하하하, 박장대소하며 웃는
꽃피는 봄밤이었어.

봄까치꽃

꽃샘추위가 채 가시지 않은 이월
양지 녘에 피었다
애썼다, 애썼다
손그림자로 머리 빗겨준다

첫아이 낳고
친정집 가던 날
할머니가 내 머리를 쓰다듬던
그때처럼

햇살 푸른 물감
풀어놓은 꽃에서
하얀 분이 분분히 일어난다

봄인가 봄!

먼산주름

전날 받아둔 순한 물로 세수해요
화를 가라앉힌 물이죠
두꺼운 화장으로 가려진 얼굴
사락사락 문지르며 씻어내요
거울에 비친 말간 얼굴
뽀얀 쌀뜨물 같아요
어릴 땐 보이지 않던 엄마의 얼굴이 보여요
민얼굴에 보이는 세월의 이랑
자글자글하지만 순한 미소가 그려지는
창호지 같아요

나이가 들면
태초의 모습으로 돌아간다 했던가요
구순의 얼굴에도 온화한 물이랑이 흐르는
구부러지지 않고 묵묵히 드나드는 바람도
한차례 쉬었다 가는 얼굴
가라앉은 뽀얀 쌀뜨물
윗물에 비친 먼산주름 같은

제4부

가포, 동백

마산결핵병원 지나는데요

임화와 지하련이 문득 발목을 잡아끌데요

둘은 서로에게 무엇이었을까

물새들의 발자국을 한 땀 한 땀 지워가는 바다

수평선 아득히 바람 부는 2월에

벌거벗은 나무들 사이 각혈하듯 피어나

매일 입속으로 한 움큼씩 털어 넣던 알약처럼

동백 꽃송이, 송이, 송이, 뚝, 뚝, 핏물처럼

파도 소리 콧노래 삼아

사랑을 이루지 못한 연인처럼

툭! 툭!

동백꽃 한 움큼씩 털어 넣고

저녁 붉은 노을은 매일 얼굴을 바꿔가며

구름처럼 흐르기만 하고요

싸한 봄바람 한 가닥이

입에 물고 있던 붉은 입김으로

막 토해내는 동백,

그 이별

새파란

파란, 하늘 파란, 바다 파란, 수국
거제 가는 길
파랗다, 파랗게, 질렸다
울음소리조차도 파랗다

아직 새파란, 젊은 오빠 밤사이
다시 못 올 길로 허망하게 먼저 갔다
투정과 장난기 심한 어린 사내아이 둘 남겨두고

아무도 모르는 길 저만 알고 갔다
수국이 파랗게, 부풀어 오른 길
진저리 치도록 피었다

수국 수국 하며 무덤까지 따라갔다
파랗게, 질리도록 하늘이 울었다

오늘도 거제 간다
새파란, 젊은 사내 둘 앞장세워 간다

날마다 웃던 새의 안부

매일 아침 안부를 물어오던 새가 보이지 않아
어떡하라고, 나는 어떡하라고!

처음이자 마지막인 서른 해 뜨던 별

몇 년 전 타지에서 목을 맨 남편보다
더 암담하다 더 깜깜하다

가슴 한쪽 뾰족한 부리로 화살처럼 쪼고 간 새
구멍 사이로 바람이 시나브로 숭숭 운다

나 때문인 것만 같아
얼굴을 들 수 없다

양어깨에 내려앉은 십자가를 메고 나머지 생
어떡하라고, 살아내야 한다

두 딸이 매일 나만 쳐다봐

길을 잘못 든 것일까

잠을 못 잔 날들이 이어진 걸까
어둠은 여전하고 길목을 서성이던 걸음도 자취를 감추고

스스로 새가 되기로 한 손가락
이젠 여기 없다

창이 붉다
어스름이 오기 전 일어나야 하는데

하늘의 중심에서 볼 텐데 엄마,
엄마 부를 텐데

잠들기 전 무음을 한다

새벽 세 시, 문자 알림 소리에 잠을 깼다

— ○○○ 님께서 별세하셨기에 삼가 알려드립니다

온라인 부고 알림에 낯익은 이름, 순간 팔에 소름이 돋았다

며칠 전 통화할 때도
별일 없어!
서로의 안부를 주고받았는데
장례식장 전광판에 모란꽃 같은 그녀가
함박웃음으로 조문객을 맞고 있었다

— 꿈이겠지

울음은 슬픔을 대체하는 것이 아니라
함께 공유해 주는 것
같이 그 시간을 박제하는 끈 같은 것

— 잘 있어
라는 말도 죄짓는 것 같아
눈물을 감추고 돌아섰다

잠들기 전, 무음으로 바꾼다
예고 없는 죽음이 들이닥쳐
슬픔이 한밤을 다 집어삼키기 전에

백목련과 동백

망막에 구멍이 생기는 희귀질환으로
시력을 잃어가는 그녀 몸통 째 떨어진
목련꽃 손바닥에 올려두고
하얀 꽃그늘에 앉아 눈 속에 심는다

보이지 않아도 그려낼 수 있도록
오래도록 보고 또 본다

동백 씨앗과 동백 꽃송이가 공존하는 계절
붉어서 시린 동백 씨앗도 눈 속에 심는다
몸통 째 툭 떨어진 꽃 하나 들고 참참이 보다가
손바닥으로 감싸 가슴으로 안는다

세상은 인자하지 않지만
하늘은 인자하단다
괜찮다 괜찮다고

이파리 하나

떨어진 이파리가 눈에 밟힌다
햇살 반짝이자 보였다
거미줄에 목을 매단 이파리 하나
바람에 달랑달랑
위태롭다
하마 떨어질까
조마조마하다

철탑 꼭대기에 사람 하나
죽고 사는 문제라는
아직 새파란 초록 작업복 남자
초롱초롱한 눈동자, 딸의 아빠

파랑새

베란다 창틀에 고드름 맺힌 날
발길 끊어진 아파트 화단에 나뒹구는
다육식물 '파랑새'
아프게 눈에 밟힌다

비 한 방울 없는 사막에서 견디는 유전자처럼
말라비틀어진 몸의 끝에
숨만 붙어 있는
저 초록,
죽은 체온이
산 것의 몸을 덮고 있다

바람의 방향이 바뀌면
날개는 물의 길을 찾아 날아가겠지만

겨울은 계속해서 부활의 기척이 없다
아직은,

볕이

등을 타닥타닥 깨우는 오후

저무는 얼굴

늦가을에 벗은 몸
허리가 낭창낭창 휘어지다 일어서는 꽃

무슨 꽃이에요?
꽃댕강나무요,

뚝, 떨어지네요

그래도 연약한 줄 알았는데 강하네요
꽃댕강나무, 많이 불러주세요
꽃댕강아 꽃댕강아 ~
햇살에 반짝, 까르르 웃는다

자기 이름 부르는 줄 아나 보네
당신과 낯선 대화가 꽃인 양
표정을 바꿔가며 웃는다

알고 모르고는 어둡거나 밝거나

밝아지다 어두워지는 감정선 같은 것

시나브로 흐르는 구름 사이로
본추룩만추룩하지 않은
저무는 나이와 낯선 얼굴의 대화

허공에 뚝 떨어진다

산딸나무

저녁이면 눈을 떠요
아침이면 눈을 감아요

거짓말 같아요
눈을 뜨고 눈을 감는다는 게

무심하게 하얀 꽃잎 속에
꽃을 감추고 사는 나무를 보아요

난분분 떨어지는 날들 상상하는 걸까요
고귀한 흰빛으로 가는 그 순간을 기억해요

가볍게 보내려 하염없이 바라보고만 있는 결말에
무너지지 않아요

다시, 같은 곳을 바라볼 수 없어도
떨어진 자리에 떠나간 꽃들 다시 찾을 때까지

눈길 거두지 않을게요

마산 앞바다 잔바람이 슬쩍슬쩍 불어요

늘상 있는 일들은 아니지만

네 마리였어, 분명
새끼들 보호하려고 큰놈들만 시름시름하며 옮겼어
근데 아침에 보니 세 마리밖에 없어

눈을 비벼 찾아도 세 마리,
꼭꼭 숨었어
이렇게 나오겠다 이거지*

수초를 시작으로
큰 돌을 꺼내고 자갈돌까지
없다.

밤사이 어디로 사라진 걸까
설마,
저놈들을 의심해 본다

인터넷을 뒤진다
사람 잡는다

그런 일 종종 일어난다고

일어난다고
일어난다고
콩닥콩닥거리며

* 이봄희 시집 제목.

무진정*

별거 없다 했어요
찬 기운만 돌아다녀요

이수정 연못
황금 잉어가 살아요
어두운 물속에서 나와
유유히 따라다녀요
비릿한 발자국 좋아하는 걸까요

잉어의 감정은 뭘까요
연못을 그리워하는 걸까요

나신의 나무들
연못에서 놀아요
반영이 예쁘다고 사진 찍어요
무진정은 없고 사진만 있어요
그렇게 하나둘 사라지는 걸까요

무명옷 입고 춤추듯
꽃불로 피어 낙화하듯
재로 하염없이 흘러가듯

흔적을 찾아왔다면
없다가 맞을 거예요
나는 흔적이 없어요

아니, 온 적이 없으니까요.

* 경상남도 유형문화유산.

부추꽃과 표범나비

부추꽃에 표범나비 앉았다.

나비가 앉았는데
꽃은 흔들림 없다

무게가 없는 걸까
꽃이 강한 걸까

햇살이 무게를 저울질해 가져갔나?
바람이 무게를 들어주었나!

흰 부추꽃에 표범나비

그림 한 점

하루 종일 내내 따라다니는

가을,

높이 날 일만 남았다

사과의 유전자를 가진 사람*

사과는 사과의 유전자로 찬바람 속에서 더 붉다

누가 뭐라 한 것도 아닌데 죄지은 여자처럼
얼굴이 붉어지기 전 미리 사과하는 사과처럼

진실하지 못해서
두 손 모으고 공손하게
포장하지 못해서 미안한,

* 이미화의 시 「사과의 힘」에서 가져옴.

우리 집 하마

옷장 속에서 냉장고 속에서 목마른 호기심이 빨아들이는 푸른 초원을 건너가고 싶은 한 덩치가 여름 밤을 꿈꾸는 주문을 외우네 노래처럼, 자장가처럼 그 큰 입으로 아침 물안개보다 작은 물고기를 잡아먹고 작은 꼬리를 흔들며 누 떼를 기다리네 기다리면서 목마른 몸을 진흙탕에 숨기네 잠수함 잠망경처럼 두 눈만 점점 커지는 하마가 벌컥벌컥 물을 마시네 출렁출렁 수위를 높이는 우리 집 배고픈 저 덩치가

꽃 지는 밤

꽃이 피었다길래
꽃 지는 밤으로 오라 했지

강물도 한껏 물이 들었다고
너를 기다리지는 않는다고

그믐이 오고
바람이 불고

예나 지금이나 똑같은데
꽃은 한밤을 홀로 진다

아무리 칠흑 같은 어둠에도
너는 너무 또렷해져서
환한 밤이라서

너를 기다리지는 않는다고
꽃 지는 밤에

수동적 종합에 도달하는
사유를 거스르는 서정의 언어

염선옥

(문학평론가)

주선화는 시학의 오랜 전통인 '은유'에서 벗어나 '제유'나 '환유'의 세계에 생명력을 얹어 시를 써가는 시인이다. '꽃'을 노래한다고 해서 그의 시가 아름다움으로 흘러넘치지는 않는데, 그것은 그의 사유가 죽음이 가지는 존재론적 의미를 파악하는 데 공력을 집중하고 있기 때문이다. 하이데거에게 죽음은 세계내적 존재자의 소멸을 의미하지만, 레비나스에게 그것은 완전한 무無로 환산되지 않는다. 주선화 시인은 죽음에 붙들린 종말과 존재의 무를 동시에 거절하면서 '죽음을-향한-존재'가

겪어가는 삶의 과정을 펼쳐낸다. 레비나스에게 철학이 다양한 해석의 힘에서 솟아나듯이, 주선화 시인은 '꽃'이 피거나 떨어진 자리를 죽음이나 부재가 아닌 꽃의 '있었음'으로 바라보면서 존재의 의미를 해석하려 한다. 다시 말해 시인은 죽음의 존재론적 차원을 파악하는 데 목적을 두고 있다. 시인이 등장시키는 '꽃'과 '길', '죽음'은 모두 '삶'의 계열체를 묘사하는 데 공헌하고 있는 셈이다. 사진사가 촬영한 부분들을 이어 붙일 수는 없지만 그것들이 하나의 주제로 응집될 수 있듯이 시인의 시어들은 실존적 존재로서의 인간과 그 삶으로 응집력 있게 귀결되어 간다. 이 점이 주선화 시인의 특장이요 매력이다.

'보는 것이 아는 것'이라는 담론에 포섭되지 않는 그만의 방식은, 이미 그의 디카시집을 통해 나타난 바 있다. 우리는 거기서 사물과 풍경을 가공하지 않은 날것 그대로 보존하고자 하는 시인의 의지(『베리베리 칵테일』, 창연출판사, 2017, 109쪽)를 읽을 수 있다. 그렇다면 시인의 '보는 순간'은 어떻게 결정되는 것일까? 롤랑 바르트는 『카메라 루시다』에서 사진을 통해 시각장視覺場을 구성하는 방식을 설명한 바 있다. 그는 스투디움studium의 영역이 학습된 감상자들이 포착하는 '공통' 감각이라면, 푼크툼punctum은 자신을 찌르는 낯섦이자 새로움이어서 시인이 오래 머무르는 부분이라고 설명하였다. 주선화 시인에게 '길', '꽃', '어머니'는 그가 시를 구축해 가는 오랜 오브제라고 할 수 있다. 신덕룡은 "우리의 삶을 길에 비유하자면……구불구불한 산길에 가깝다.”(신덕룡, 「삶, 들여다보기와 둘러보기」, 『호랑가시나무 엿보다』, 불교문예출판부, 2014, 138쪽)라면서 주선화의 시가 죽음을 통해 삶을 관조한다고 설명한 바 있다.

주선화 시인은 유독 '꽃'을 통해 생의 편린을 보여주면서 삶의 의미를 캐내기도 하는데, 그것은 '야생화를 사랑하는 모임' 회원으로 활동하면서 그가 카메라를 메고 전국을 찾아다니며 '꽃'을 탐사했기 때문이 아닐까 한다. 결국 시인에게 '꽃'은 대상물을 넘어 자연과의 교감을 이루는 공동의 구성원인 셈이다. 또한 송기한은 주선화 시인이 『까마귀와 나』에서 "가물치의 역동적 모습"과 어머니를 겹쳐내어 생생한 효과를 잘 빚어내었다고 하였고, 죽은 아들에 대한 고통을 그려내 부조리한 삶을 잘 읽어냈다고(송기한, 「만다라의 세계가 만들어내는 맛의 향연」, 『까마귀와 나』, 시와시학, 2020, 128쪽) 설명한 바 있다. 시집 『얼굴 위의 이랑』에서 '어머니'는 고통과 죽음에 가장 두려운 낯섦을 부여하고 있는데, 시인은 카메라 렌즈처럼 줌인, 줌아웃의 방식으로 시선을 넓히거나 좁혀가며 어머니의 여러 순간을 기록하고 있다.

이방인과 미적 거리

시인의 작품을 톺아보면 인간은 죽음과 고통 앞에서 무한히

나약한 존재이지만 삶의 희망을 향해 걸어간다는 생각을 담은 자코메티의 「걷는 사람」이 떠오르게 된다. 물론 폴 발레리의 명언처럼 산문이 도보에 가깝고 시가 춤에 가깝다지만, 주선화 시인은 낯선 날것들이 찌르는 것을 보고 사유가 맺힌 자리에 멈춰 선다는 점에서 '걷는 사람'이며 익숙한 공간과 대상으로부터 멀어져 나아가기를 주저하지 않는다는 점에서 '이방인'이기도 하다. 이방인이 걷는 길은 익숙하지 않아서 이 길을 걷는 화자는 두려운 낯섦이자 새로움을 발견하게 된다. 시인은 고통받는 이들의 목소리, 몸짓, 이국적인 것과 정서적인 것들이 펼쳐 보이는 낯섦과 익숙함에 감각을 열고 몸을 기울인다. 물론 그가 오브제나 타자에게 무조건 가까이 다가가 위로하고 슬퍼하는 것은 아니다. 오히려 죽음과 고통에 대해 거리를 두면서 동시에 윤리적 주체로서 독자들과의 거리 또한 잊지 않는다. 이 과정은 줄다리기에서 '줄'을 팽팽하게 유지하는 것처럼 고통스러운 일일 것이다.

시인에게 시란 '자기표현'의 예술이지만, 독자의 편에서 그것은 정서와 감성의 고취 과정을 담게 된다. 그래서 시인은 창작 과정에 '거리' 개념을 고려하지 않을 수 없다. 다이치(D. Daiches)는 시 자체는 리듬이나 어조, 이미지나 형태 등 여러 예술적 장치와 시어에 의해 독자가 그것을 심미적으로 향유할 수 있도록 하나의 방향을 마련한다고 하였다. 주선화 시인은 "사물이 하는 말을 대신 해주는 방식 즉, 사물과 자연이 들려

주는 여러 이야기를 시적 상상력을 동원하여 '비유'와 '상징'을 들어 전달해 주는 사람이다."라고 시인을 정의한 바 있는데, 그만큼 그는 사물이나 현상을 그것과 비슷한 날것에 빗대어 조각난 자신의 경험을 통합하고 있다. 이는 의미연관으로부터 일정하게 일탈한 것이기도 하지만 강력한 힘을 발휘해 무질서하고 불규칙한 조각들을 하나로 모으는 역할을 한다. 이러한 새로움이 비유와 상징에서 빚어진다고 생각하는 시인은, 무질서한 것을 질서로 수렴해 가는 과정으로서 시를 써가는 것이다. 이때 낯섦은 기쁨과 환희로 다가오기도 하고, 두려움과 절망, 공포로 다가오기도 한다. 그러한 두려움과 낯섦을 온몸으로 안아 순간에 고인 미적 가치를 파악하는 일은 매우 중요하다. 언젠가 프로이트가 아름답고 위대하고 매력적인 감정들에서 아무것도 얻을 수 없다(Sigmund Freud, *The Uncanny*, New York, Penguin Books, 2003, pp.123~124)고 말한 바 있듯이, 주선화의 시는 혐오스럽거나 고통스러운 감각 속에 고인 미학적 의미를 발견하는 데 시간을 들이고 있다. 그 결과 시인은 "늘/ 무거웠다// 무거운 나를 비워/ 가벼워지고 싶어"(「시인의 말」) 글을 쓴다고 고백하게 된다.

이처럼 시인은 가벼워지기 위해 두려운 낯섦의 순간을 마다하지 않고 포착해 낸다. 이 속에서 존재성을 드러내고 동시에 스투디움 시간을 푼크툼적으로 전환하여 영원한 것으로 가공하려는 숭고한 작업을 이어 나가는 것이다. 어쨌든 시인에게 감각 경험을 표현하는 과정에서 포착된 유비적인 것은, 단순히 보조관념으로만 작용하지 않고 물결무늬를 만들어 내면서 주위로 파동쳐 나아간다. 그것은 두 가지 이상의 낯선 문맥이 서로 연결되고 대립하며 그 과정에서 화합하고 투쟁함으로써 새로운 의미를 만들어 낸다. 결국 두려운 낯섦의 순간은 시인만의 비유와 상징의 문맥으로 되살아나 무한히 확장되어 가는 셈이다.

Exotic Uncanny

먼저 시인은 이국적 정서가 배치하는 낯섦과 설렘 사이에서 솟아나는 감정의 정체를 밝히고자 애쓴다. 그것은 친숙하지 못한 것들에서 빚어지는 감각과 사유를 통해 자신을 둘러싸고 있는 주위 환경과 풍경을 식별해 내려는 노력을 말한다. 이 같은 과정은 "덩치 큰" 소를 껴안는 일처럼 겁이 나는 일일 수 있지만 "푸른 초원을 상상하는 일"이며 "푸른 초원에 서 보는" 낯선 경험이자 "황홀한 감정"(「코 쿠너펠렌」)을 경험하는 일일 수 있다. 시인의 시선은 어느새 "조그만 사잇길"(「작은 울림이 흐르는」)과 "골목"(「골목의 비밀」), "햇빛 한 점 없는 마당"(「카페, '꽃 대궐'」)을 향하고 있다.

필리핀 세부, 가난한 골목을 무기 삼아

웃통을 벗은 남자가 퍼덕이는 날개를 막무가내로 껴안으려
고 한다
아니, 독보적으로 잡아챈다
팔뚝에 그려진 용 문신이 한 번 더 다급한 날개를 꺾는다

검은 것은 품는 게 아니라는데
더듬는 것은 핑계고 순간의 욕망이 분명하다

달아날 궁리와 억누르는 폭력이 뒤엉킨
양철지붕이 그림자를 집어삼킨다.

골목은 너무 길고 사람들은 너무 바쁘다

눈에 보이는 것이 전부가 아닐 것이라고 믿고 싶어

고개는 자꾸만 삐딱하다

　　　　　　　　　　　　　　—「골목의 비밀」 전문

　화자는 "필리핀 세부, 가난한 골목을 무기 삼아" "폭력이 뒤
엉킨/ 양철지붕"의 골목에서 빚어지는 "순간의 욕망"을 마주
한다. "가난한 골목"에서 "웃통을 벗은 남자가 퍼덕이는 날개
를 막무가내로 껴안으려고" 하는 "아니, 독보적으로 잡아" 채

는 "팔뚝에 그려진 용 문신"의 사내를 목격한다. 그는 "다급한 날개를 꺾는" 자다. 거기서 시인은 가난을 바라보는 것이 아니라 가난을 이유로 자신을 팔아야 하는 여성을 상품으로 삼아 "순간의 욕망"을 채우는 현장을 목격한다. "달아날 궁리와 억누르는 폭력이 뒤엉킨/ 양철지붕"을 통해 화자는 무엇을 말하려는 것일까? 그저 세상에 선보다 악이, 행복보다 고통이 더 많다고 주장하려는 것은 아닐 것이다. 더구나 삶을 부정적으로 파악하려는 비관주의를 토로하는 것도 아닐 터이다. 이때 '거리'를 두고 있는 화자가 말하려는 것은 "눈에 보이는 것은 전부"가 아니며 가난이 누군가를 착취할 명분이 될 수 없다는 것이다. '날개'가 꺾인 세부의 한 골목은 우리 주위에서도 발견할 수 있는 현장성을 가지고 있다. 하지만 우리는 그러한 현장에 대해 무감해져 있다. 그때 이러한 이국적 장소에서의 지배구조와 폭력의 낯섦이 주위를 다시 돌아보게 하고 각성하게 하는 것이다. 시인은 "날개"의 비유를 통해 위기 상황을 더욱 위태롭게 제시하고, '없음'으로 여겨지는 것들의 존재를 비-은폐성으로 생성해 낸다.

비장미悲壯美

대체로 낯섦이란 "어둡고 깊고 축축한/ 미끈거리며 발이 푹푹 빠지는/ 처음"의 감각으로 "무서웠지만 무섭다고 말할 수"

없는 감각이다. 하지만 이러한 낯섦은 순간일 뿐이어서 우리는 이내 "안방처럼 편안"(「내 이름은 임봉순」)해지기 마련이다. 주선화 시인은 이국적 공간에서 찾아지는 새로움을 포착하려 애쓰고 있지만, 웅장하고 위대한 대상에 의해 주체의 인식이 이루는 대립성에 무릎을 꿇고 마는 순응의 태도를 보이지 않는다. 더불어 대상의 웅장함과 비장悲壯만을 찬미하거나 형상화하지도 않는다. 시선이 닿지 않는 것, 순간적이라 일시적이며 휘발적 속성을 가지는 것을 포착하고 형상화하며, 인간의 삶에 주어진 여러 생성과 소멸의 과정을 지켜보면서 삶의 무게가 가벼워지는 특수한 미美를 발견하고 있다. 인간의 삶은 하루하루가 다른 선형적 모양을 이루며 뻗어나가는 듯하지만, 기실 뫼비우스의 띠처럼 안팎이 서로 다르지 않다. 이런 보편성으로 인해 삶은 충족되기 어렵고 새로움을 포착하기 어렵다. 시인은 그러한 비극적 존재자인 인간에게 닥치는 죽음과 고통을 사유하며 그것들이 생명을 지닌 모든 세계 내 존재들에게 필연적으로 생기는 것이라는 점을 노래한다. 생이 소멸해 가는 과정에서 비롯되는 격렬한 고뇌를 통해 비장의 미를 한껏 느끼게 해주는 것이다.

새벽 세 시, 문자 알림 소리에 잠을 깼다

— ○○○ 님께서 별세하셨기에 삼가 알려드립니다

온라인 부고 알림에 낯익은 이름, 순간 팔에 소름이 돋았다

며칠 전 통화할 때도
별일 없어!
서로의 안부를 주고받았는데
장례식장 전광판에 모란꽃 같은 그녀가
함박웃음으로 조문객을 맞고 있었다

― 꿈이겠지

울음은 슬픔을 대체하는 것이 아니라
함께 공유해 주는 것
같이 그 시간을 박제하는 끈 같은 것

― 잘 있어
라는 말도 죄짓는 것 같아
눈물을 감추고 돌아섰다

잠들기 전, 무음으로 바꾼다
예고 없는 죽음이 들이닥쳐
슬픔이 한밤을 다 집어삼키기 전에

―「잠들기 전 무음을 한다」 전문

　화자는 시인이나 인물과의 사이의 거리를 균형 있게 유지함
으로써 진실을 전달하고 있다. 이는 작품이 사적인 것이 됨으
로써 박탈될 감각과 교감의 요소를 배제하려는 의도일 것이
다. 이 작품은 화자와 시인이 겹쳐지면서 매우 개인적인 감각
을 전달한다는 점에서 예외적이고, 그 어떤 시편보다 죽음의
밀도가 높다. 화자는 "잠들기 전, 무음으로" 바꾸는데 이는 "예
고 없는 죽음이 들이닥쳐/ 슬픔이 한밤을 다 집어" 삼키지 않
도록 하기 위해서이다. 시인은 죽음이라는 주제가 휴대전화의
"온라인 부고 알림"에 의해 조악한 것이 되는 그 순간의 긴장
감을 위해 지인의 죽음을 준비한 셈이다. "며칠 전 통화할 때
도/ 별일 없어!/ 서로의 안부를 주고받았는데/ 장례식장 전광
판에 모란꽃 같은 그녀가/ 함박웃음으로 조문객을 맞고" 있는
순간은 '나'의 역사를 증명해 줄 존재를 상실하는 것이지만 동
시에 삶의 무게로부터 가벼워지는 일일 수도 있다. 이때 화자
의 울음은 "시간을 박제하는 끈 같은 것"으로 작용한다. '박제'
가 모양을 바꾸지 않도록 하는 것이듯이 시인의 울음도 슬픔
을 대체하는 것이 아니라 같이했던 "그 시간을 박제"하는 것이
된다. 화자는 지인의 죽음이 한 줄의 온라인 부고 문자 서비스
에 소비되고 말 것이 아니기에 "잠들기 전, 무음으로 바꾼다/
예고 없는 죽음이 들이닥쳐/ 슬픔이 한밤을 다 집어" 삼킬까

를 염려하는 것이다.

일상의 그물망과 '길' 위의 거미

하이데거는 『존재와 시간』에서 존재에 의문을 제기하고 존재와 존재자, 현존재를 변별해 냈다. 그는 사유를 통해 존재 가능성을 물을 수 있는 존재자 즉 인간을 '현존재'라고 정의하면서 인간이 가지는 독특한 존재 양식을 '실존'이라고 정의하였다. 다시 말해 실존이야말로 존재 자체를 묻는 현존재의 존재 방식이라고 설명한 것이다. 결국 현존재인 인간은 탄생에서 죽음에 이르기까지 존재 자체를 물음으로써 어떻게 살 것인지, 자신의 삶에 어떤 의미가 깃들이게 되는지를 고뇌하는 셈이다. '죽음'과 '삶', '무거움'과 '가벼움'을 사유하는 주선화의 작품은 '관계'를 맺었던 이들을 통해 '존재'와 '부재'를 묻는 작업일 수도 있다. 작품의 주요 모티프는 소소하게 여겨질 수 있는 일들이나 익숙한 일들이지만, 시인은 이것들을 낯설게 만들어 존재의 공허함과 가벼움, 생의 무거움과 허무를 동시에 표상하게 된다. "가벼워지고 싶어// 쓴다"라는 정언을 통해 그의 시편은 무거운 삶의 짐을 내려놓는 인식에 따른 인식 작용이 되는 것이다. 하지만 우리는 시가 소설과 연극과 달리 "분석으로 환원되지 않고 소비적이고 낭비적인 열정과 경험들"(옥타비오 파스, 김홍근 · 김은중 옮김, 「육화되지 못하는 언어」, 『활과 리라』, 솔, 1998, 303쪽)이기 때문에, 시를 통해 인간이 언어라는 경험적 행위로 자신의 사유를 분명히 해가는 과정을 경험하게 된다.

그물을 치는 거미의 일상은 늘 같지만, 그물망에 걸리는 사건과 그 속에서 나타나는 이야기는 그 유일성을 놓치지 않는다. 이는 타자로 인해 윤리적 주체로 나아간다는 레비나스의 사유와 유사하며 현상학자들이 주장하는 인간과 인간 사이를 매개하는 타자의 영향을 말해준다. 그렇게 인간은 타자를 통해 보다 나은 삶의 방향으로 좌표를 튼다. 이는 대상 세계가 생산 활동처럼 유익한가 하는 문제가 아니라 사유의 끝에서 생겨나는 '자체의 목적'을 깨닫는 것을 의미한다. 이러한 계시적 성격은 존재-사이에서 더 나은 존재로 나아가게끔 한다. 시인은 우리에게 타자를 통해 세계의 실재에 관해 '객관성'을 부여하는 과정을 보여주고 있다.

걸음을 옮길 때마다 휘청인다
손바닥 크기로 이어진 길
길만 보이고 아무것도 보이지 않는다
길에 갇혀 길을 벗어나지 못한다
가끔은 마주 오는 사람과 어깨를 부딪치기도 하고
자전거가 비껴가기도 한다
잠깐 멈추고 강 건너편을 바라본다

아무도 보이지 않는다

길이 길을 버린다

길을 물고 끝까지 놓지 않는다

한발 한발에 힘을 준다 꾹꾹

벗어나면 지는 거다

길에 몰두한다

길을 물고 서기 위해 신경이 곤두선다

누구를 위한 길인가

길은 누구에게나 열려 있지만 모두에게 닫혀 있다

길게 이어진 길 위에 서서 길도 길이 되고 싶었을까

벗어날수록 버둥거릴수록 길은 길을 물고 놓지 않는다

구순의 울 어머니

새들새들하며 저만치 앞서 걸어가신다

　　　　　　　　　　　　　　 ―「벽돌 한 장의 길」 전문

　시는 언어의 지시성에 뿌리를 두면서 암시 기능을 통해 상
상의 길을 터준다. '길'은 삶을 나타내는 관념어이지만 동시에
삶의 과정을 강렬하게 전달하는 속성을 지닌 시어이기도 하
다. 「벽돌 한 장의 길」은 생이라는 '길'에서 마주하는 대상에

관한 사유보다는 '길' 자체에 대한 메시지에 집중하고 있다. 시인에게 '길'은 어떤 의미일까? 시인에게 '길'은 존재에게 부여된 보편적 상태에서 초월해가며 약자의 세계로 나가도록 하는 개념인 듯하다. "추상은 일체의 현실적인 연관으로부터 해방된 순수한 관념의 정신세계와 일치"(김준오, 「현대시의 추상화와 절대은유」, 『현대시사상』 1995년 가을, 147쪽)한다는 말처럼, 시인은 '길'이라는 추상을 통해 삶을 부여잡은 연약한 존재를 표현한다. 그것은 "가난한 골목을 무기 삼아/ 웃통을 벗은 남자가 퍼덕이는 날개를 막무가내로 껴안으려고"(「골목의 비밀」) 하는 위험한 길이며, "남자는 흐르는 물에 푸성귀를 흔들어 씻고/ 여자는 아래쪽에서 빨래를 치대고/ 아이는 물장구치며 까르르 웃"는 "눈을 떼지 못한 풍경"이 담긴 "장자제 대협곡 / 조그만 사잇길"로 "염화미소"(「작은 울림이 흐르는」)가 흐르는 길이기도 하며, 누군가에게 "절경이 절경이 아닌 절벽"이며 "귀가 절벽에 닿는 낭떠러지"로 "먹고 사는 길이 이 길뿐이어서/ 가진 것이 몸뿐"이어서 "한발 헛디디면 굴러 떨어져"(「화산 짐꾼」) 버릴지도 모를 위태로운 길이기도 하다.

여기서 화자는 "구순의 울 어머니"의 길을 목격하는데, 그 길은 "길만 보이고 아무것도 보이지 않는" "손바닥 크기로 이어진" 것으로 위태위태한 생을 부여잡고 "한발 한발에 힘"을 주며 "길에 몰두"하면서 "길을 물고 끝까지 놓지 않는" 어머니의 삶을 뜻한다. 어머니의 길은 "손바닥"만 해서 "가끔은 마주 오는 사람과 어깨를 부딪치기도 하고/자전거가 비껴가기도"
하는 좁은 길이요, "잠깐 멈추고 강 건너편을 바라"보아도 "아
무도 보이지 않는" 외로운 길이다. 나아가 "벗어날수록 버둥
거릴수록 길은 길을 물고 놓지 않"는다. 시인은 '길'에 부여된
익숙한 은유적 의미를 제거하기 위해 각 시편의 대상에게 주
어진 길을 달리 보여주고 제유를 사용함으로써 — 피사체를
향해 다가가는 '달리샷Dolly shot'을 이용하듯 대상에 더 몰입
할 수 있는 방식으로 — 그들만의 유일한 '길'을 나타내고 있다.

상상의 썰물과 의미의 육화

　주선화 시인은 대상과의 거리를 잘 유지하다가 죽음 앞에서
는 거리를 좁혀나가는 태도를 일관되게 보여준다. 가까운 지
인의 죽음을 통해 죽음의 불가피성을 논하지 않고 그가 존재
해 '나'를 있게 했던 관계를 '박제'해 나아간다. 어머니의 죽음
앞에서 시인의 상상은 불가능의 영역에 포섭되고 '거리'는 좁
혀진다. 특별히 그는 '꽃'을 활용하여 어머니를 역사로 기억하
고 있는 것이다. 이번 시집에서 시인은 「장미, 장마」, 「제라
늄」, 「카페, '꽃 대궐'」, 「화분」, 「감포 댁 최막래」, 「엄마 목소
리」, 「애기땅빈대」, 「봄까치꽃」, 「가포, 동백」, 「새파란」, 「백
목련과 동백」, 「이파리 하나」, 「파랑새」, 「저무는 얼굴」, 「산
딸나무」, 「부추꽃과 표범나비」, 「꽃 지는 밤」 등 많은 작품에

서 '꽃'을 시적 질료로 사용하는데 이는 시인이 꽃을 통해 세계
-내 존재의 의미를 파악하고자 한 것이라고 볼 수 있을 것이다.

    햇살 속

    누워

    가만히 한 떨기 꽃

    몇 번 숨넘어간

    겹겹 피고 진 뒤안길

    마지막

    숨,

    막힌 듯 피는 꽃

    작다란

    저, 꽃

    한 송이

    희미하게 경계를 넘나들며

    간신히 연명하는

    야윈 꽃 숨 바르르 떨며

    시근덕거리는 소리

흐른다

고립무원에
맥없이 뭉크러질
우리 엄마

―「감포 댁 최막래」 전문

동강 난 가지 하나 물에 심었다
사나흘 지나 하얀 꽃 피어

세상 끝난 줄 알았던 구절초
흰빛으로 생이 환하다

들판에 무더기로 피었을 구절초
살아내는 일은 늘 뜻대로 되지 않아

세상은 늘 내 편이 아니었지만
내 편이라 믿는다

그만하면 되었다

큰 꽃가지에서

엄마 목소리 꿈결처럼 들린다

                        ─「엄마 목소리」전문

  "지독한 냄새"(「제라늄」)를 올려 생을 지탱하는 꽃도 있고 "동강 난 가지 하나 물에 심"었더니 "사나흘 지나"(「엄마 목소리」) 하얗게 피어나는 생명력 강한 꽃도 있지만, 화자에게는 꽃은 "작다란/ 저, 꽃/ 한 송이"로 "희미하게 경계를 넘나들며/ 간신히 연명하는/ 야윈 꽃"이며 "숨 바르르 떨며/ 시근덕거리는 소리"로 "고립무원에/ 맥없이 뭉크러질" 수도 있는 어머니와 같은 존재이다. 그러나 시인이 '꽃' 시편을 유기적 관계로 엮어 죽음을 이겨내지 못하는 불가결의 진리 속에서 증명하려는 것은, 그 연약한 존재의 현재 모습인 고통과 죽음이 아니라, 생 자체가 하나의 '꽃'이라는 의미를 품고 있다는 것이다. 그의 시에서의 오브제는 개인의 내면을 표현하기 위한 환유적 매개가 되고 있는데, 환유에서는 부분과 부분의 관계가 무엇보다 중시되며 전체는 이들의 유기적 결합을 통해 형성될 뿐이다. 단순한 대응이 아니라 원초적 상호 교감의 체계로서 유비를 사유와 수사의 원리로 삼으면서 "제유의 방식으로 유기적 관계를 상정"(「구모룡, 『제유의 시학』, 좋은날, 2000, 51쪽)해 결국 '어머니'의 삶을 유기적으로 완성해 보여주는 것이다.

장마에서 장미로

　시에 죽음을 기입하는 것은 시간 속에서 종말과의 관계를
보는 것이 아니라, 역설적으로 모든 억견臆見을 넘어 삶의 소
중함을 인식하는 행위가 된다. 우리는 자기의 죽음을 기록할
수 없으므로 늘 타인의 얼굴에서 죽음을 마주한다. 죽음에 대
한 준거를 불안으로 여길 때 불멸에 이르지 못하는 존재에게
주어진 시간은 근원적으로 불안의 시간으로 이해될 수밖에 없
다. 그리하여 인간의 관계와 사건은 죽음이라는 덮개 속에서
벗어날 수 없게 된다. 스캔들인 죽음으로부터 시간을 사유한
하이데거와는 달리 시간으로부터 죽음을 사유한 블로흐처럼
(에마뉘엘 레비나스, 김도형 · 문성원 · 손영창 옮김, 『신, 죽음 그리
고 시간』, 그린비, 2013, 159쪽) 주선화 시인은 삶의 시간으로부
터 죽음을 사유하여 죽음을 받아들이는 감정에 부여된 의미를
문제 삼는다.

　이는 죽음을 정당화하려는 것이 아니라 죽음이 존재의 단순
한 부정에서 비롯하는 것과는 다르다는 것을 인정하려 하는
것이다. 시인은 "SNS에 장마를 장미로 썼다// 장미는 계속해
서 장미이고/ 축축하던 기분이 일시에 맑게 갠다", "장마에서
장미까지는 두 걸음"이라고 쓰며 "봄에서 여름까지 질척이는
흙탕물을 피하고 싶다면/ 장마는 계속해서 장미여야 한다"(「
장미, 장마」)라고 말한다. 이러한 사유의 태도는 수동적 종합

이 도달하는 사유를 거스르는 방식이며, 주어진 관념을 수용하는 대신 사유하는 존재로서의 현존재가 스스로 세계를 창조하고 개념을 새롭게 의미화하는 과정으로 나아간다. 자연과 타자를 통해 인간의 내면과 실존 같은 불변의 가치를 수놓아 가는 주선화 시인은 그렇게 죽음에 붙들린 고통으로부터 가벼워지며 끝없이 비상해 가고 있다.▨

ㅣ **주선화** ㅣ

경주 감포 출생. 2007년『서남일보』신춘문예에 당선되었으며,『시
와창작』으로 작품활동을 시작했다. 시집『호랑가시 나무를 엿보다』
『까마귀와 나』, 디카시집『베리베리 칵테일』이 있다. 2018년 경남문
학 우수작품상, 2022년 유등문학상을 수상했다.

이메일 : jsh3666@hanmail.net

현대시 기획선 105
얼굴 위의 이랑
초판 인쇄 · 2024년 6월 25일
초판 발행 · 2024년 6월 30일
지은이 · 주선화
펴낸이 · 이선희
펴낸곳 · 한국문연
서울 서대문구 증가로29길 12-27, 101호
출판등록 1988년 3월 3일 제3-188호
편집실 ㅣ 서울 서대문구 증가로31길 39, 202호
대표전화 302-2717 ㅣ 팩스 · 6442-6053
디지털 현대시 www.koreapoem.co.kr
이메일 koreapoem@hanmail.net

ⓒ 주선화 2024
ISBN 978-89-6104-359-5 03810

값 12,000원

* 이 책은 경남문화예술진흥원의 문화예술지원을 보조받아 발간되었습니다.

* 잘못된 책은 바꾸어 드립니다.